AF340481

ETRENNES

DE

JEAN A NICOLAS,

OU

LES DEUX LIONS,

LE RENARD, LE BLAIREAU

ET LES ANES.

A ANDELY,

M. D. CC. LXXV.

ÉTRENNES
DE JEAN A NICOLAS,

OU

LES DEUX LIONS,

LE RENARD, LE BLAIREAU

ET LES ANES.

Un Lion, non de ceux dont l'humeur sanguinaire
Dévore sans pitié Chien, Brebis & Pasteur ;
 Mais un Lion plein de douceur,
  Tranquile & debonnaire,
  Qui pécha, nous dit-on,
 Moins par le mal qu'il fit dans sa foiblesse,
Que par trop de bienfaits & de profusion
  Pour ses amis & sa maîtresse.
  Maîtresse ! pourquoi non ?
N'est-il pas des flatteurs à la Cour du Lion ?
Et l'un, comme l'on sait, ne va jamais sans l'autre ;

A ij

C'étoit du moins la mode de mon temps.
L'amour étoit le Patron & l'Apôtre
Des Miniſtres, des Courtiſans ;
Il fût toujours, ſera toute la vie
Compagnon de la flatterie.
Lui-même, ce fripon, ce dangereux enfant
N'eſt-il pas le flatteur le plus inſinuant ?
Mais ce n'eſt plus la même choſe :
A la Cour, dites-vous, ils ont la bouche cloſe.
Le Loup plus circonſpeċt dans ſon averſion,
N'oſe plus y dauber au coucher du Lion.
Si le fort moins proſpere
M'avoit ravi jadis à mon obſcurité,
Pour ce joûg impoſant qu'on nomme Royauté,
Je n'euſſe fait au Ciel qu'une priere,
Ç'eut été de pouvoir, avec un front ſévere
Refuſer leur encens offert par la beauté.
Depuis que dans la biere
Je repoſe, dit-on, à côté de Moliere,
Parmi tous ceux que ſa Muſe a produits,
Le Fablier a-t-il porté des fruits ?
Je n'euſſe jamais cru qu'après mon dernier ſomme,
On profitât là-haut des rêves *du bon homme*.
Encore, direz-vous, de mes digreſſions :
A quoi bon ce prélude
Et ces réflexions ?

Je fus toujours animal d'habitude.

Revenons au Lion avec ſes Courtiſans.

Celui-ci, nous dit-on, au déclin de ſes ans,

Nourriſſoit à ſa Cour huit chevaux alezans

    Chargés du ſoin de traîner ſa litiere :

      Soit que Sa Majeſté

Le fit, ou par beſoin, ou par commodité.

Il ſe plaignoit un jour de leur humeur altiere.

    Comme on le ſait, nos Seigneurs les Chevaux

Lui ſont ſoumis, ainſi que tous les animaux.

Ces Courſiers, diſoit-il, autrefois ſi faciles,

A mon moindre ſignal empreſſés, attentifs,

Pour mon prédéceſſeur aux rênes ſi dociles,

    Mais maintenant ſi durs & ſi rétifs,

Fatiguent par leur joug ma main appeſantie.

Sire, dit un Renard, d'une voix radoucie,

C'étoit un patelin, un miéleux, un cafard,

Un franc Pâtepelu, ſentant de près la hard,

     Qui pour un vil ſalaire

Trahiſſant ſon ſerment, trafiquant de ſa foi,

Eût livré ſon Pays, ſon Monarque & ſa Loi.

    Son ame avide & merçenaire,

Pour un poulet jadis avoit vendu ſon pere.

    Prince, dit-il, de votre Majeſté

    Depuis long-temps j'admire la bonté

Pour ſouffrir leurs écars, leur indocilité ;

Et vous me permettrez que je vous le confesse,
Mon devoir, mon amour à vos jours m'intéresse ;
C'est mettre trop souvent votre tête au hasard,
De vous voir renversé de dessus votre char.
     Hier encor leur boutade imprévue,
     Avec raison nous fit pâlir d'effroi ;
Mon ame, quand j'y pense, en est encore émue ;
Si l'œil toujours ouvert sur le sort de mon Roi,
(Peut-être vous touchiez à votre heure derniere)
Effrayé du péril, je n'avois de ma main,
Soutenu votre char tombant dans une orniere,
Prêt d'être renversé par ces chevaux sans frein.
Il est dans vos Etats des coursiers plus tranquilles,
Des animaux plus doux, au joug moins indociles ;
Sire, dites un mot, vos vœux seront remplis.
     De son flateur le Roi goûta l'avis.
Or donc à ses Vassaux Sa Majesté Lionne,
     Fait à savoir de se rendre en personne,
Et non, par Députés devant toute sa Cour,
     (Sauf exoine pourtant,) à certain jour,
Sur peine enjoignoit-il de haute félonie.
Pas un n'osa manquer au Roi des Animaux.
     Tout s'y trouva, Visirs, Pachas, Vassaux,
La salle du Conseil en fut toute remplie.

Là, Compere Renard avec précision,
     Dans un discours plein d'astuce & d'adresse,

Et fous une couleur captieufe & traîtreffe,
Expofa le fujet de l'invitation.

Du Roi Lion conduire la litiere,
De Sultan Léopard ce n'étoit point l'affaire,
Ç'eût été s'expofer
Que de le propofer
Aux grands Vaffaux de la Couronne.
Pour remplacer nos alezans altiers,
Les Eléphans, ces colonnes du Trône,
Invités à fervir au Lion de courfiers,
Sagement répondirent :
Avec raifon ils prétendirent,
Que par leur maffe informe, & par leur pefanteur
Ils apporteroient trop d'obftacle & de lenteur
A porter dans chaque Province,
Soit la Perfonne, ou les ordres du Prince ;
Que le cas requéroit fouvent célérité ;
Que, par comparaifon avec les Dromadaires,
Et les Chameaux leurs freres,
Semblables à des tours par leur énormité,
Ils marchoient à pas de Tortue.
Sous un jour différent, un autre point de vue,
Préfentant leurs raifons
Les Chameaux refuferent :
Très-humblement ils s'excuferent,
(Ruminant, à par foi, leurs appréhenfions)

Sur ce que, dirent-ils, entiérement novices
Dans cet art inventé par les fils de Léda,
Le fort ne les fit point (& le fort décida)
Pour remplir dignement ces nobles exercices.
   Que la Nature en plaçant fur leur dos
Une efpece de bât propre aux plus lourds fardeaux,
Leur montroit qu'ils n'étoient que des Bêtes de fomme,
Qu'ils l'avoient, fans reproche, affez appris de l'homme.
Nos comperes les Loups, quand ce vint à leur tour,
Répondirent, dit-on, comme on fait à la Cour,
   Quand on veut fe tirer d'affaire,
   C'eft-à-dire, en Normands.
Du Lion ils craignoient encor moins la colere,
Que de fon Favori les vifs reffentimens.
Il n'eft rien, dirent-ils, qu'on ne fît pour lui plaire,
   Et pour fervir Sa Majefté ;
   Nous n'y voyons qu'une difficulté,
   Qu'une chofe à redire :
   L'unique point eft lorfque par hafard,
   Il nous faudra faire marcher le char,
A droite, à gauche, & lui faire décrire,
   Sans quitter le timon,
   Soit en avant, foit en arriere,
   Certaine ligne oblique ou circulaire,
Les Loups, comme l'on fait, *ont les côtes de long*.
Hélas ! contre les Chiens dans le cas de défenfe,

Soit vice d'habitude ~~ou de conformité~~,

Nous n'en faifons que trop la dure expérience ;

Et cette trifte vérité

N'eft-elle pas en proverbe paffée ?

Si nous ofions ici dire notre penfée ;

A tous les mouvemens la foupleffe exercée

De Dom Bertrand, eft bien mieux votre fait ;

Et cet emploi lui convient tout-à-fait.

Les Singes, faifant tous une humble révérence,

dirent, affurément,

Comperes, vous montrez pour nous en ce moment

Trop de zele & trop d'indulgence,

Et, Sire, de la part de votre Majefté,

C'eft trop d'honneur & de bonté ;

Vous connoiffez notre foibleffe.

Notre talent par fois amufant vos loifirs

Par quelque pafquinade ou quelque gentilleffe,

Peut exciter vos ris, égayer vos plaifirs ;

Mais fi dans vos Etats il furvient quelques guerres,

Il feroit dangereux que la timidité

Que l'on reproche à nos confreres

Dès la plus haute antiquité

Au milieu d'une affaire,

(Ne comptez pas nous aguerrir,

De la peur vous favez qu'on ne peut nous guérir)

Ne fît tourner le dos à la litiere.

Bref, pour fe difpenfer de la commiffion,

     Le Bœuf, le Mulet même,

Surent dans leur cerveau trouver une raifon.

     En vain pour fon fyftême

Le Renard épuifa dans cette occafion

Les rufes de fon art, menaces & careffes,

Leurres de toute forte, intrigues & baffeffes,

Malgré qu'il fe fentît pris dans fon propre fac,

     On auroit dit à fon air d'affurance,

Qu'il cachoit quelque rufe au fond de fon biffac :

Quand les Anes enfin (l'aveugle confiance

Fut de tout temps compagne & fœur de l'ignorance)

     Vinrent s'offrir, encor blancs du moulin.

Ils font à la litiere attelés de fa main,

     Non cependant fans quelque répugnance;

     Mais en faveur de leur obéiffance,

     Vû le befoin & la néceffité,

     On fit moins de difficulté.

Dom Blaireau fe levant, & reclamant l'ufage,

     Dans un difcours, dit-on,

     Rempli de force & de foumiffion,

Repréfenta l'abus de l'innovation.

A voir de celui-ci le poil & le corfage,

     De l'ennemi de Jean Lapin

     On jureroit qu'il feroit frere :

     Mais cependant du Renard il differe,

Quant à ſes mœurs s'entend, ou quant à ſon inſtinct.
Notre Blaireau n'étoit rien moins que camarade
Du Croqueur de Poulets. Dans plus d'une ambaſſade,
Reconnu par les ſiens pour ſon intégrité,
A la Cour du Lion maintefois député,
Il y fit dignement ſes importans meſſages :
Parmi l'agent Blaireau c'étoit un des ſept ſages.
Au-deſſus de l'intrigue & des ruſes de Cour,
Tel que la Vérité ſans fard & ſans détour,
Humble, reconnoiſſant, patient, populaire,
Frugal juſqu'à l'excès, & dans ſes mœurs ſevere,
Au fond de ſon terrier il eût péri de faim,
Plutôt que de jamais le ſouiller d'un larcin.
    Du Favori, bref, c'étoit l'antipode ;
Et ſi Dame Juſtice eut égaré ſon Code,
Elle l'eût, ce dit-on, retrouvé dans ſon cœur.
    Il haranguoit dans la choſe publique
        Ni plus ni moins que l'Orateur,
Dont le zele éloquent, l'ardeur patriotique,
De Rome lui valut le titre de Sauveur ;
Quand le Lion, peu fait au ſtyle à période,
Fronçant l'épais ſourcil de ſon front irrité,
Rompit le Harangueur, des Rois c'eſt la méthode,
        Et ſans autre formalité,
    Chez eux l'exil ſuit de près la diſgrace,
Il ſuffit pour cela de déplaire une fois,

Vos fervices paffés, à leurs yeux tout s'efface;
Les Lions fur ce point font émules des Rois.

Sous des harnois pompeux & magnifiques,
Fiers de leurs freins dorés nos grifons fe carroient,
Pour fe mieux prélaffer à pas comptés marchoient,
Tels que j'ai peint celui qui portoit des reliques.
Les Courtifans, dit-on, rirent fecrettement
      De ce ridicule attelage;
        Mais ceux dont le ris fut moins fage,
        Furent punis cruellement ;
Car fi du Roi Lion la colere eft terrible,
Le courroux du Renard n'eft pas moins inflexible.
Quelques-uns fur le champ font empalés tout vifs,
Seulement pour l'exemple, ou retenus captifs.
D'autres pour un bon mot fouffrirent le martyre ;
Pourrirent dans des lieux voifins des fombres bords,
      Après avoir enduré mille morts,
Tant fur l'efprit du Maître il avoit pris d'empire !
De Sultan Léopard l'antique Majefté,
De cet homme nouveau dédaignant l'infolence,
S'exila, nous dit-on, de la Cour par prudence.

Cependant fur fon char avec fécurité,
Dans les mains du Renard affis à fon côté,
      Sire Lion laiffoit aller les rênes,
       Plus de foins, partant plus de peines.

De fobres qu'ils étoient, & vivant de chardons,
 Nos courfiers à longues oreilles
Oubliant le moulin, la fournée & les veilles,
Devinrent arrogans, & gourmands & fripons.
L'orge étoit à leur goût trop groffiere pâture,
  (A quel point les honneurs
 Changent l'inftinct, pervertiffent les mœurs)
 Ils fe gorgeoient d'avoine la plus pure,
Et ne croyoient jamais voir terminer le cours
De leurs profpérités. Au plus haut de la roue
La Fortune bientôt leur fit un de fes tours,
Car des ânes auffi la Fortune fe joue.
  Il avint par malheur,
 Je ne fais plus pour quelle affaire
Qu'un Lion fon voifin haut & puiffant Seigneur
  A notre Lion fit la guerre,
Au cliquet du moulin, maîtres Aliborons,
Plus faits qu'au bruit guerrier des Tambours, des Clairons,
  Des Mortiers, des Canons,
Se feroient bien paffés d'une pareille aubade.
  Nos Bucéphales de moulin,
Au fignal du combat dans leur effroi foudain
  Firent une incartade :
Qui portant dans les rangs l'allarme & la frayeur,
 Sema par-tout leur panique terreur.
Dans les rênes enfin la litiere emmêlée,
  Refta, dit-on, dans la mêlée.

Le Lion y périt, regrettant, mais trop tard,
    De s'être à la legere,
      Sur la foi du Renard,
    Embarqué dans pareille affaire.

Son Fils lui succéda. Ce Roi ferme & severe,
Encor que Lionceau, déteſtant les flatteurs,
Ennemi déclaré des plaiſirs corrupteurs,
Qui ſéduiſirent trop ſes illuſtres auteurs,
      Fut ſurnommé le Juſte.
      Que ce titre eſt auguſte
     Pour un Lion à mon avis !
Quel autre titre peut lui diſputer le prix !
Il ſoulagea l'Etat en réglant ſes dépenſes;
    Il réforma l'abus dans ſes Finances :
L'ordre & l'économie à ſon avénement,
Furent ſon Contrôleur & ſon Sur-Intendant.
Son zele pour le bien & ſon amour ſincere
      De la juſtice & de la vérité,
Rappella près de lui ce Courtiſan ſévere,
Dont l'auguſte candeur, la noble liberté,
     Eut l'exil pour ſalaire.
Je m'imagine voir, parmi les Athéniens,
     Ce Héros du patriotiſme,
Le plus juſte des Grecs, flétri par l'oſtraciſme,
Revenant pour l'honneur & le ſalut des ſiens.

Le Renard ſe trahit à force de ſoupleſſe,

Et dans un de ſes las lui-même fut ſurpris.
On démaſqua bientôt la fourbe & la baſſeſſe,
Dans ce pays ſouvent, tel qui croit prendre, eſt pris.

Le Roi ſe contentant par un trait de clémence,
D'interdire au flateur ſon auguſte préſence,
Le crut aſſez puni de vivre confiné
Au fond de ſon terrier, de la Cour éloigné,
Sans ſuppôts, ſans eſpions, ſans Agens, ſans intrigue,
Sans Suiſſe, ſans Valets, ſans menée & ſans brigue.
On dit que ſon eſprit ſoutint mal ce revers ;
      La ſolitude eſt affreuſe aux pervers.
Les Renards à la Cour trouverent porte clauſe.
      Sur l'ancien pied on remit toute choſe ;
L'ordre fut rétabli. Lioncere & l'Etat
Reprirent leur ſplendeur & leur ancien éclat.
Nos Seigneurs les Chevaux à la Cour reparurent,
Et Sultans Léopards ſur leurs pas accoururent
      Aux cris de joie, aux acclamations
D'un peuple d'animaux. Maîtres Aliborons
            Firent lors ſotte mine ;
Ils manquerent, dit-on, d'en être lapidés,
Quand ils s'enfuirent tous reprenant leur bâtine.
Ils furent bafoués, honnis, vilipandés.
(Le peuple eſt toujours peuple, & c'eſt là ſa maniere
      De décharger ſa bile & ſa colere.)

Ne fortons point de notre fphere,
Je l'avois déja dit quand j'étois fur la terre.
Le fort mit au monde Martin
Pour porter fur fon dos la fournée au moulin;
Un emploi mandié trahit votre foibleffe,
Vaut mieux porter un bât qu'un harnois qui vous bleffe.

F I N.